HINAKO ASHIHARA
le Sablier
1

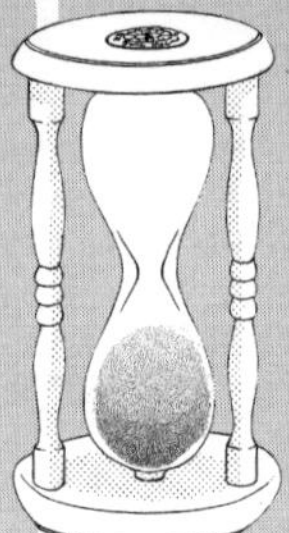

Le Sablier

1

Sommaire

La prière
PASSÉ
PRÉSENT
FUTUR
LE JOUR OÙ IL M'A FAIT CETTE PROMESSE NE REVIENDRA JAMAIS

La prière

GRANDE SOEUR !
CE SAC !
JE LE VEUX AUSSI !!
QUOIIIII !!?
JE T'AI DÉJÀ DONNÉ MA POCHETTE BLEUE, CHII.
CELUI-LÀ FAIT TROP ADULTE.
À GARDER
À GARDER
À JETER
J'EN VEUX PAS !!
L'AUTRE SAC FAIT TROP BÉBÉ !
QUAND TU SERAS MARIÉE, TU PARTIRAS VIVRE À L'ÉTRANGER AVEC TON MARI.
IL POURRA T'ACHETER DE BEAUX SACS, LÀ-BAS.
TU AS DE LA CHANCE D'ALLER VIVRE À L'ÉTRANGER AVEC UN BEAU MARI ! JE SUIS JALOUSE !!
POURTANT, T'ES MÊME PAS CANON.
LA FERME !

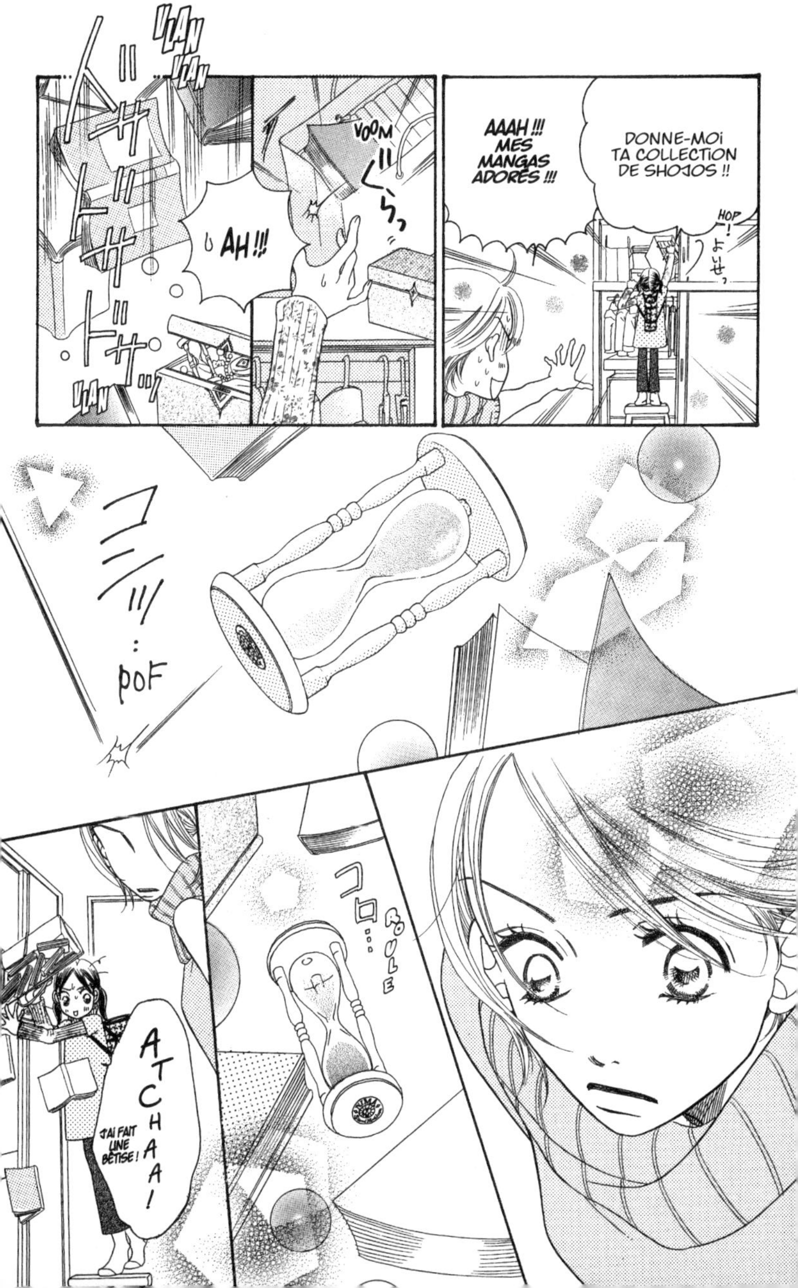
DONNE-MOi TA COLLECTION DE SHOJOS !!
HOP !
AAAH !!! MES MANGAS ADORÉS !!!
VOOM
AH !!!
VLAN
VLAN
VLAN
POF
ROULE
ATCHAA !
J'AI FAIT UNE BÊTISE !

* SAND MUSEUM : MUSÉE DU SABLE.

BAH...
C'EST QUE...
... TU LE GARDAIS PRÉCIEUSEMENT DANS TA BOÎTE À TRÉSORS.
JE L'AVAIS OUBLIÉ.
C'ÉTAIT IL Y A QUATORZE ANS.
CET HIVER-LÀ...
... NE REVIENDRA...

... PLUS JAMAIS.

"LE PLUS GRAND SABLIER DU MONDE QUI ÉVALUE UNE ANNÉE."
LE PLUS GRAND SABLIER DU MONDE QUI ÉVALUE UNE ANNÉE "LE CALENDRIER DE SABLE"
TAILLE RÉELLE HAUTEUR : 5,20 M DIAMÈTRE : 1 MÈTRE QUANTITÉ DE SABLE : 1 TONNE...
HAUTEUR : 5,20 M
QUANTITÉ DE SABLE : 1 TONNE...
VU COMME ÇA, C'EST LONG UNE ANNÉE.
QU'IL EST GRAND !
AH OUI ? TU TROUVES ?
MOI, JE CROYAIS QU'UNE ANNÉE, C'ÉTAIT BEAUCOUP PLUS LONG.
C'EST PAS BEAUCOUP.
HMM...
CES DERNIERS TEMPS...
... LES JOURNÉES ÉTAIENT SI DURES, ELLES ONT FILÉ À UNE VITESSE INCROYABLE...
NON...

... EN FAIT, CELA A ÉTÉ LE CAS DEPUIS MON MARIAGE AVEC TON PÈRE.
CRR...
ぎゅっ
ON Y VA ?
SI ON TRAÎNE TROP, TA GRAND-MÈRE VA NOUS GRONDER.
CE SERAIT DOMMAGE DE RATER LE TRAIN.
OUI.
OH ! UNE BOUTIQUE !
MAMAN ! ACHÈTE-MOI UN SABLIER !!
PRENDS-EN UN PETIT, ALORS...
JE N'AI PAS BEAUCOUP D'ARGENT SUR MOI.
CET HIVER-LÀ...

... LE DIVORCE DE MES PARENTS A ÉTÉ PRONONCÉ.
ILS ONT DÉCIDÉ QUE JE VIVRAIS AVEC MA MÈRE, CHEZ MES GRANDS-PARENTS, DANS LE DÉPARTEMENT DE SHIMANE.
JE T'AVAIS PRÉVENUE !!
TU NE POUVAIS PAS ÊTRE HEUREUSE AVEC UN TYPE DE TOKYO !
IL ÉCHOUE DANS SES AFFAIRES. IL CONTRACTE DES DETTES. ET IL TE JETTE COMME UNE VIEILLE CHAUSSETTE !!
QUE COMPTES-TU FAIRE, MAINTENANT ?
PFFT !
JE TE PRÉVIENS. ON NE PEUT PAS SUBVENIR À VOS BESOINS !!
MIAOU !!

C'EST QUOI, CE REGARD ?
SALE ViOQUE !
ELLE N'EST VRAIMENT PAS MIGNONNE !
AN...
VA JOUER DEHORS.
GLOU
ずー
ひゅおぉ
ELLE VEUT QUE JE "JOUE" DEHORS ?
おぉ
iL FAIT FROiD ! iL NEiGE ! ET iL N'Y A PAS LA MOINDRE LiBRAiRiE !
JE N'AI PLUS L'ÂGE DE JOUER DEHORS EN ME DiSANT : "HOURRA ! iL NEiGE !".
MAIS J'AI PAS ENVIE DE VOIR LA VIEILLE.
GRR ! ぶつ
HE ! TOi !
TU N'ES PAS D'iCi. TU NE SERAiS PAS LA FiLLE DE MiWAKO QUi ViENT DE TOKYO ?
JE SAIS !
ELLE PARLE FORT
大声
BRR...
びくっ
EUH... OUi. C'EST BIEN MOi.
OUI ?
C'EST DONC TOi...!
HMM...
じろ

MIWAKO ÉTAIT LA PLUS JOLIE FILLE DU VILLAGE.
TU NE LUI RESSEMBLES PAS DU TOUT !!
TIENS ? QUI EST CETTE PETITE ?
PIC
JE T'AI RIEN DEMANDÉ.
OH ! C'EST DONC ELLE, LA FILLE DE MIWAKO...?
ÇA N'A PAS DÛ ÊTRE FACILE POUR MIWAKO...
IL PARAÎT QUE SON MARI EST COUVERT DE DETTES...
ÇA REND LES ENFANTS MALHEUREUX.
LE DIVORCE N'EST PAS UNE BONNE CHOSE.
JE NE SUIS PAS MALHEUREUSE !
J'ÉTAIS ENCHANTÉE DE FAIRE VOTRE CONNAISSANCE !
AU REVOIR !!
TAC
TAAP
LES JEUNES DE LA VILLE SONT POLIS !
TIENS ? MAIS C'EST...
... LA PETITE DE MIWAKO...
TAAP
SOYEZ GENTILS AVEC MAMAN !
AU REVOIR !!
C'EST L'HORREUR !! TOUS LES VILLAGEOIS SONT FAMILIERS AVEC MOI !!!
TIENS ! C'EST...
C'EST AN...?
TAAP
LA PETITE DE MIWAKO ...

MAAH ! MAAH ! MAAH !
はっはっはっ
はっ
MAAH !
おっ
POC
SPLATCH
べちょっ
VLAN
ドガッ
FSS
パラ…
…
BAM
"ÇA REND LES ENFANTS MALHEUREUX."

TAC
わーっ
はっ
ICI, JE N'AI PAS D'AMIS. IL N'Y A MÊME PAS DE LIBRAIRIE.
LA VIE PRIVÉE N'EXISTE PAS. LES GENS SE MÊLENT DE TOUT.
OUIIIIN...
JE NE VOULAIS PAS VENIR DANS CE VILLAGE !
CE VILLAGE ENSEVELI SOUS LA NEIGE...
... ET ENCERCLÉ PAR LES MONTAGNES...
... M'OPPRESSE PLUS QUE TOKYO.

GRATTE
はっ
PAF

INCROYABLE !! UN LAPIN !!
IL Y A DES LAPINS, ICI !?
BOUUUM
SES OREILLES SONT COURTES. C'EST SÛREMENT UNE RACE SAUVAGE.
MFF...
OOOH ! IL EST TROP MIGNON !! JE LE VEUX ! JE LE VEUX !!
JE POURRAIS L'ATTRAPER...
SS...
FAIS ATTENTION !! RESTE ACCROUPIE !!
HEIN !?
FSSSSSSS
HIII !

BOOONG
VLAAAN
BRRR..
TU L'AS FAIT FUIR !!!
AAAAAH !!
POM
TU SAIS ATTRAPER LES LAPINS ?
ZUT !
TAC
GRRRR !!

MON GRAND-PÈRE M'A MONTRÉ COMMENT LES CAPTURER.
TAP
TAP
HM ! HM !
ÇA, C'EST UN WARADA, DU FOIN TRESSÉ EN CERCLE. ON LE LANCE AU-DESSUS DU LAPIN.
LE LAPIN CROIT ENTENDRE UN AIGLE VOLER ET SE FIGE DE TERREUR.
WARADA FAIT MAIN ♡
CLIIING
IL NE RESTE PLUS QU'À LUI SAUTER DESSUS POUR L'ATTRAPER. ♡
ALORS, TU PEUX LE CAPTURER VIVANT ?
LAPINOU
House
OUAIS !!
TAP
TAP
JE LE NOURRIS.
JE LE PROMÈNE.
OH ! LE VOILÀ !!
Elle se trompe. Il vient me chercher.
HOP !!
VIUUUM
FSSSSS
BRR...

YAAH!
VLAN
TERRORISÉ
OUAIS!

ALORS COMME ÇA, TU VIENS DE TOKYO ?
ICI, JE N'AI AUCUN AMI ET IL N'Y A QUE DES VIEUX. JE NE SAIS PLUS QUOI FAIRE.
AH !
NE LE PORTE PAS COMME ÇA ! DONNE !
IL Y A AUSSI DES JEUNES...
... DE NOTRE ÂGE.
EN CE MOMENT, C'EST LES VACANCES.
QUAND L'ÉCOLE REPRENDRA, TU TE FERAS PLEIN DE COPAINS.
ET...
... EN ATTENDANT...
... JE PEUX JOUER AVEC TOI, SI TU VEUX.
C'EST VRAI !?
T'ES UN CHIC TYPE !!
HM ? C'EST VRAI.
JE M'APPELLE DAIGO KITAMURA.
MOI, C'EST AN UEKUSA ! JE SUIS EN 6e.
ENCHANTÉE !
JE SENS QU'ON VA DEVENIR BONS AMIS !

PFT ! ふっ
ELLE EST DÉJÀ SOUS MON CHARME ?
MON CÔTÉ SAUVAGE LUI PLAÎT...
SALUT !
BON, JE TE LAISSE. JE VAIS DE CE CÔTÉ !!
OUAIS !
À LA PROCHAINE !!
MERCI DE M'AVOIR PORTÉ LE LAPIN.
TAC
HEIN ?
HEIN ?
CRR...
MAIS...
... TU NE ME L'AS PAS DONNÉ ?
J'ÉTAIS SÛRE QU'IL ÉTAIT À MOI !
QUOI !?
JE N'AI JAMAIS DIT QUE JE TE LE DONNAIS !!
C'EST MON REPAS DE CE SOIR !!
GUILLOTINÉ
TU...
TU VAS LE MANGER !?
NOOOOON !!!
T'AS JAMAIS MANGÉ DE LAPIN ?

C'EST ASSEZ BON.
ÇA SE MANGE EN FONDUE OU EN RAGOÛT. LA VIANDE EST TENDRE...
... MAIS IL Y A BEAUCOUP D'OS.
EN EUROPE, C'EST COURANT D'EN MANGER.
TU VEUX VENIR À LA MAISON ?
TU POURRAS Y GOÛTER.
SAU...
... SAUVE-TOI, MON PETIT LAPINOU !!!
TAC
AAGH !!
AAAAAH !!
POM
POM
POM
QU'EST-CE QUE T'AS FAIT ?
BAM
...
AH...! DÉSOLÉ.
J'AI PAS FAIT EXPRÈS.
PARDON...
...
CLIIIING
ON...

...ON NE FRAPPE PAS UNE FEMME !!!
CUIII
キーッ
FLAP
バサバサバサ…
FLAP FLAP
BOM
ドゴッ

GRR!
QUEL NUL !
QUEL NUL !!
QUEL NUL !!!
IL AURAIT MÉRITÉ QUE JE LE FRAPPE ENCORE PLUS !!
AAARGH !! JE HAIS CE VILLAGE !!
BOM
AN !
MAMAN !
COUCOU !
D'OÙ REVIENS-TU ?
DE LA VILLE VOISINE.
TIENS ! CADEAU.
J'AI TROUVÉ DU TRAVAIL...
... DANS UNE AUBERGE !
ON NE PEUT PLUS VIVRE AUX CROCHETS DE TES GRANDS-PARENTS.
MAIS...
ET TA SANTÉ ?
HM ?
À TOKYO, TU AS ÉTÉ HOSPITALISÉE PARCE QUE TU TRAVAILLAIS TROP.
TU SORS À PEINE DE L'HÔPITAL. TU ES SÛRE QUE ÇA VA ALLER ?

MAINTENANT, ON N'EST PLUS QUE TOUTES LES DEUX...
... ALORS, JE REDOUBLERAI D'EFFORTS !!
TU VAS VOIR !
OUI.
NE T'INQUIÈTE PAS !
OUI ! ON VA FAIRE DE NOTRE MIEUX !!
MOI AUSSI, JE FERAI DES EFFORTS.
ALORS, TOI AUSSI, MAMAN...
... SOIS COURAGEUSE !!

OUi.
AN !!
TU TRAÎNASSES, ALORS QU'ON EST DÉBORDÉ PAR LES PRÉPARATIFS DES FÊTES DE FIN D'ANNÉE ?
TU POURRAIS NOUS AIDER UN PEU !
NE MANGE PAS ALLONGÉE !
OUPS !
MINCE ! JE M'ÉTAIS JURÉ DE FAIRE DES EFFORTS.
ELLE EST TERRIBLE, CETTE CHAUFFERETTE !
ELLE ME REND FAINÉANTE.
CHIPS
VA PORTER ÇA CHEZ LES KITAMURA !
LES KITAMURA ?

SHAAA !
ILS N'ONT PAS UN FILS EFFRONTÉ QUI S'APPELLE DAIGO ?
JE NE VEUX PAS Y ALLER !
FROTTE
FROTTE
C'EST TOI, L'EFFRONTÉE !!! FILE !
SALE VIOQUE ! SALE VIOQUE !
SAAAALE VIOQUE !
LALA...
CHANSON DE LA SALE VIOQUE BY AN.
UNE VIOQUE SALE...
... C'EST UNE SALE VIOQUE !
TCHAC
TCHAC
TCHAC
HA !
DES CHEVEUX COURTS EN BATAILLE ...
ALORS, C'EST BIEN CHEZ LUI...
SALUT !

HI...!!
HA HA HA!
C'EST QUOI, CETTE TÊTE !? TROP DRÔLE !!
C'EST TOI QUI M'AS FAIT ÇA !!!
HA HA HA!
DÉSOLÉE.
JE N'AI PAS L'HABITUDE DE FRAPPER LES GENS ET JE NE ME SUIS PAS RENDU COMPTE DE MA FORCE.
ELLE MENT.
MAIS...
... JE TE REMERCIE DE NE PAS M'AVOIR DÉNONCÉE À MA GRAND-MÈRE.
TU M'AS SAUVÉE.
FFF-!
OUI
JE NE POUVAIS PAS DIRE QUE JE ME M'ÉTAIS FAIT FRAPPER PAR UNE FILLE !!
GRAO !
ギャー
LES FILLES DE LA VILLE SONT REDOUTABLES.
GRAO !
ギャー
TU N'AS QU'À PAS ÊTRE AUSSI FAIBLE !
RENTRE CHEZ TOI !
QUOI !?

AN ? ...
C'EST MA MÈRE.
TU ES BIEN LA PETITE AN !
COMME TU AS GRANDI !
TU LA CONNAIS ?
J'ÉTAIS DANS LA MÊME CLASSE QUE TA MAMAN.
ELLE M'A ENVOYÉ DES PHOTOS DE TOI QUAND TU ÉTAIS PETITE.
JE T'AI RECONNUE TOUT DE SUITE.
VRAIMENT?
MIWAKO ÉTAIT SI BELLE ET SI INTELLIGENTE !
JE L'AI TOUJOURS ADMIRÉE.
JE CROYAIS...
... QU'ELLE VIVAIT HEUREUSE...

TOUT ÇA...
... A DÛ ÊTRE DUR À VIVRE...
C'EST GENTIL DE VOUS INQUIÉTER.
...
JE SENS QUE VOUS ÊTES SINCÈRE.
TA MÈRE ET MOI, ON EST AMIES !
C'EST NORMAL.
AN ! SI TU RESTAIS POUR DÎNER ?
BLOP
GUUU
ON MANGERA AUSSI LES LÉGUMES DE TA GRAND-MÈRE.
ILS SONT DÉLICIEUX.
EUH... C'EST-À-DIRE QUE...
BAA ! BAA !
JE PRÉVIENS TA GRAND-MÈRE PAR TÉLÉPHONE.
NE T'INQUIÈTE PAS !
BLOP
NON...
... CE N'EST PAS ÇA...
... IL N'Y A PAS DE LAPIN, LÀ-DEDANS ?
JE NE PEUX PAS EN MANGER.
DU LAPIN ?
NON !! IL N'Y A PAS DE LAPIN !!
HA HA HA!

À propos du Sablier

Je vous remercie de me lire. L'histoire du Sablier débute en hiver. Je n'avais pas dessiné de série depuis un moment, donc je suis un peu stressée. Mais je m'amuse bien quand même.

J'aime les sabliers. J'aime les regarder mesurer le temps. J'hésitais à choisir *Le Sablier* comme titre de cette série, quand j'ai appris que le plus grand sablier du monde se trouvait au Sand Museum dans le département de Shimane. Un sablier dont le sable s'écoule un an durant ! Un an !! Ça m'a titillée et je suis allée le voir. Je vous parlerai du sablier de Nima dans les pages suivantes.

MA GRAND-MÈRE NE CUISINE QUE DES REPAS DE LÉGUMES. CE N'EST PAS ASSEZ COPIEUX !
C'EST BIEN LA VIANDE !!
VIVE LA VIANDE !!!
PLEIN DE VIANDE !!
C'EST DU BOEUF OU DU PORC ?
ÇA A UN GOÛT PARTICULIER.
C'EST DU...
ELLE EST UN PEU DURE.
CLANG CLANG
ガラガラ
COUCOU ! JE SUIS RENTRÉ !
C'EST BON ?
OUI !! C'EST DÉLICIEUX !!
BONSOIR, CHÉRI ! TU EN AS MIS DU TEMPS !
OH !
J'AI FROID, JE SUIS TREMPÉ.
C'EST TON PÈRE ?
OUI.
HAM... HAM...
CROC ! CROC !
FIELD EXPERT
TIENS ?
IL Y A UN VISAGE QUE JE NE CONNAIS PAS.
QUI EST CETTE PETITE ?
LA CHASSE A ÉTÉ BONNE, PAPA ?
OUI ! EXCELLENTE !
Y AVAIT DU GIBIER.
AAAH ! JE SUIS VANNÉ.
V'LAN
...

...
CHÉRI ! JE FAIS QUOI DE CETTE PATTE !?
ELLE EST GRANDE !
ON VA RETIRER LES NERFS ET LA METTRE DANS LE FRIGO.
JE FERAI UN GRAND RAGOÛT AVEC MES POTES SAMEDI.
DÉGÈLE AUSSI LE SANGLIER !
TU VAS ENCORE FAIRE LA FÊTE !
ÇA TE PLAÎT ? ILS VIENNENT D'ÊTRE TUÉS.
BOM
J'AI TUÉ CELUI-LÀ, HIER !!
BRR!
"TUÉ" ?
M'SIEUR...
ÇA RESSEMBLE À DU BŒUF PANÉ...
QUELLE EST DONC...
... CETTE VIANDE ?
C'EST DU CERF.
À NARA
C'EST MIGNON.
GÂTEAU POUR CERF
CROC ! CROC !

BOOM
FONDUE DE SANGLIER !
CERF PANÉ !
VOILÀ DU TARTARE...
... TARTARE DE CERF !
CANARD !
J'ADORE !
RIEN QUE DU FRAIS !
RIEN QUE DES INGRÉDIENTS DE PREMIER CHOIX !
BAMBI
PETITE URI
HÉ HÉ !
POF
VLAN
OH !
ÇA VA, AN !?
QU'EST-CE QUI T'ARRIVE ?

* NAMUAMIDABUTSU : PRIÈRE BOUDDHIQUE.

MAMAN !! EST-CE QUE ÇA VA ?
NE T'INQUIÈTE PAS !
C'EST JUSTE DU SURMENAGE.
DOCTEUR...
... QU'EST-CE QU'ELLE A MA MÈRE ?
C'EST JUSTE UN PEU DE FATIGUE...
MAIS...
... C'EST DÉJÀ ARRIVÉ À TOKYO ?
POC

ELLE A FAIT UNE LONGUE DÉPRIME.
IL LUI ARRIVAIT DE SE FÂCHER OU DE PLEURER SUBITEMENT ...
... C'ÉTAIT IMPRES-SION-NANT.
ELLE ÉTAIT SUIVIE PAR UN PSY.
ELLE BUVAIT AUSSI.
AN...
... JUSTE UN CONSEIL ...
... NE DIS PAS À TA MÈRE DE FAIRE DES EFFORTS.
HEIN ?
TA MÈRE EST DANS CET ÉTAT...
... PARCE QU'ELLE A FOURNI TROP D'EFFORTS.
IL NE FAUT PAS LUI DEMANDER PLUS QU'ELLE NE PEUT DONNER.

CLAC
ガチャッ
AN ?
QU'EST-CE QUI T'ARRIVE ?
IL EST TARD.
TU CHERCHES DU TRAVAIL ?
OUI... JE PEUX TOUT FAIRE...
... ALORS, SI VOUS ENTENDEZ PARLER D'UN PETIT BOULOT...
JE PEUX MÊME LIVRER LE JOURNAL.
AN... ATTENDS !
POURQUOI AS-TU BESOIN DE TRAVAILLER ?
J'AI CRU COMPRENDRE QUE TON PÈRE ÉTAIT LE SEUL À DEVOIR REMBOURSER LES DETTES.
QUAND TA MÈRE SERA RÉTABLIE, ELLE POURRA SUBVENIR À TES BESOINS.
NON !!
MAMAN NE DOIT PAS AVOIR À FAIRE DES EFFORTS !!
ALORS, C'EST À MOI DE TRAVAILLER DUR À SA PLACE !!

AN...
C'EST AFFREUX...
... J'AI DEMANDE À MAMAN DE FAIRE DES EFFORTS.
JE LUI AI DIT : "FAIS DE TON MIEUX".
TOUT EST MA FAUTE...
OUIIIN !
AN !
CE N'EST PAS TA FAUTE !

IL A ÉCOUTE AUX PORTES !
TU DIS ÇA, MAIS T'EN SAIS RIEN !
EN PLUS, JE T'AI PAS DEMANDÉ DE ME RACCOMPAGNER !!
C'EST PAS LA PEINE.
TAC
TAC
TAC
...
TOUT VA BIEN SE PASSER.
NE T'INQUIÈTE PAS !
ÇA VA ALLER !!
...

SPLATCH
BOM
...
FLOP
...
...
!?
POU
C'ÉTAIT À L'INTÉRIEUR
UN CAILLOU ?
FLAAP
JE TE JURE !!
JE NE L'AI PAS FAIT EXPRÈS !!
TU DOIS ME CROIRE !!
BOM
ROCHER
TAP
TAP
TAP
TAP
COUVERT DE NEIGE
AAARGH !
AAH !

"ÇA VA ALLER."
MOTIVATION !!
OUAIS !!
QUOI ?
TU M'AS TROUVÉ DU TRAVAIL !?
LES TSUKISHIMA HABITENT UNE SOMPTUEUSE DEMEURE À L'AUTRE BOUT DU VILLAGE.
ILS SONT DÉBORDÉS PAR LES PRÉPARATIFS DES FÊTES ET ILS CHERCHENT DE LA MAIN-D'ŒUVRE.
TU VEUX VENIR ?
LA PAYE NE SERA PAS MIROBOLANTE, MAIS...
JE VIENS !!
EN FAIT, JE N'AI PAS ENVIE D'Y ALLER.
IL Y A UN GARÇON TRÈS SNOB CHEZ LES TSUKISHIMA...
... JE NE L'AIME PAS.
AH BON ?

À propos de "La prière"

J'aime dessiner les personnages de cet âge. Ils sont droits et purs. Mais on sent qu'il y a aussi autre chose qui germe en eux. Certains de leurs traits de caractère vont évoluer et d'autres vont rester inchangés... J'espère pouvoir les dessiner jusqu'à la fin.

J'ai demandé à un ami de vérifier le dialecte de Shimane*, à mon père de prendre des photos de son fusil de chasse, à ma grande sœur de m'accompagner en voyage de repérage et à mon oncle de me prêter de la documentation sur les villages. J'ai confié les dessins de paysages compliqués à mes assistantes. C'est grâce à tous ces efforts que ce manga a pu voir le jour. Un grand merci à tous !!

Daigo et ses amis parlent un dialecte de la région d'Izumo. Celui-ci a été un peu simplifié ici pour une meilleure compréhension. J'adore leurs expressions.

* Dans le manga original, les villageois parlent le dialecte de Shimane.

JE NE VOIS PAS LA FIN DU MUR ?
PLISSE TES YEUX ! REGARDE MIEUX !!
ÇA N'EXISTE PAS, UN MUR SANS FIN !!
ALLONS-Y !!
IL SE MOTIVE
DING DONG
VEUILLEZ ENTRER !
ALLONS-Y !!

LES TSUKISHIMA APPARTIENNENT À UNE FAMILLE DE NOTABLES DEPUIS DES GÉNÉRATIONS.
C'EST IMMENSE !
VOUS NE POURRIEZ REMBOURSER CES OBJETS, MÊME SI VOUS TRAVAILLIEZ TOUTE VOTRE VIE.
FAITES ATTENTION !
BRRR !
A...
ALLONS-Y !!
CESSE DE LEUR FAIRE PEUR !
ON VA MARCHER DOUCEMENT.
MAIS C'EST TROP...
...DRÔLE.
D'ABORD, VOUS ALLEZ...
... BRIQUER CE SERVICE EN LAQUE.

C'EST...
... C'EST PARTI !
ILS INVITENT COMBIEN DE PERSONNES POUR LE NOUVEL AN ?
HEIN !?
NE TE POSE PAS LA QUESTION ! ÇA NE NOUS REGARDE PAS !!
SI ON PENSE À ÇA, C'EST FOUTU.
C'EST SANS FIN !
HÉ !
EXCUSEZ-MOI...
CLAANG
POF
EUH...
... VOUS VOULEZ DE L'AIDE ?

QUI ES-TU ?
J'HABITE ICI ! JE M'APPELLE SHIIKA TSUKISHIMA.
J'AI 11 ANS !!
OH !
C'EST ELLE QUE TU N'AIMES PAS ?
ELLE EST MIGNONNE.
NON... ... C'EST SON GRAND FRÈRE.
C'EST PAS ELLE.
HEIN ? MADEMOISELLE !
HIIII ! MADEMOISELLE !
QUE FAITES-VOUS ?
NOOON ! JE VEUX LES AIDER !!
TU N'AS QU'À RESTER LÀ, À NOUS REGARDER.
MÊME SI TU NE NOUS ES D'AUCUNE UTILITÉ.
MADEMOISELLE ! VOTRE MÈRE SERA FURIEUSE !!
JE VOUS EN SUPPLIE !
TU SERAIS MÊME PLUTÔT GÊNANTE.

TAP TAP TAP
BOUM
AH !
REGARDE OÙ TU MARCHES !
C'EST PAS VRAI !
VZZZ
MONSIEUR FUJI ! VOUS ALLEZ ÊTRE EN RETARD À VOS COURS PRIVÉS.
RAC
C'EST DONC LUI !
AAAAAH !

J'AI L'IMPRESSION DE L'AVOIR DÉJÀ VU...
CRR
CRR
CRR
HM ?
CRR CRR CRR
JE PARLE DU TYPE QUE TU N'AIMES PAS, LE DÉNOMMÉ FUJI !
HMM...
... QUI CELA PEUT-IL ÊTRE ?
IL ME FAIT PENSER À QUELQU'UN.
JE NE TROUVE PAS.
C'EST AGAÇANT...
AN ! DAIGO !
TAAAP
J'AI CHIPÉ DES PATATES DOUCES À LA CUISINE.
ON LES CUIT ?
BIEN JOUÉ !
CLAC
TU COMMENCES À TE RENDRE UTILE !
JE SUIS RAVI.
JE N'AVAIS JAMAIS MANGÉ DES PATATES DOUCES CUITES AU FEU DE BOIS !
TU NE CONNAIS VRAIMENT RIEN DE LA VIE DU PEUPLE !
JE PEUX GRILLER DES CHAMALLOWS ?
DES CHAMALLOWS !?
HÉ, TOI !

J'AI UN NOM. C'EST AN UEKUSA.
C'EST COURANT DE DIRE "TOI".
OUI. CELA PEUT ÊTRE SYMPATHIQUE OU TOTALEMENT DÉSAGRÉABLE !!
MAIS QUAND C'EST TOI QUI LE DIS, ÇA M'ÉNERVE !!
ALORS... MADEMOISELLE UEKUSA...
APPELLE-MOI AN.
MADE-MOISELLE AN !
IL PARAÎT QUE...
... TU VIENS DE TOKYO ?
C'EST COMMENT TOKYO ?

C'EST UN ENDROIT OÙ IL Y A BEAUCOUP DE MONDE.
CERTAINS DISENT QUE LA VILLE MANQUE DE CHALEUR...
... MAIS, ELLE A AUSSI PLEIN D'ASPECTS PLAISANTS.
ON PEUT Y RENCONTRER UN TAS DE GENS...
... DE TOUTE ESPÈCE.
ON SE SENT LIBRE.
TOKYO EST UNE VILLE QUI OFFRE DE NOMBREUSES POSSIBILITÉS.
EN TOUT CAS, C'EST CE QUE DISENT MES PARENTS.
MOI, JE N'AI PAS VRAIMENT D'AVIS.
AH BON !
TU ES INTÉRESSÉ PAR TOKYO ?
D'AILLEURS, TU NE T'EXPRIMES PAS EN DIALECTE.
MAIS IL GARDE QUAND MÊME UN ACCENT.
PAS VRAIMENT.

DANS CE CAS, NE ME POSE PAS DE QUESTIONS !
AN !! DÉPÊCHE-TOI !!
ON VA COMMENCER LE MOCHITSUKI* !
QUOI !?
VITE !!
TAP
TAC
HEIN !? MOI AUSSI ?
JE N'AI PAS ENVIE D'Y ALLER.
* MOCHITSUKI : ACTE DE PASSER AU PILON LA PÂTE DE RIZ CUIT.
VIENS, JE TE DIS !!
TAC
PANIQUE
AN !
J'AI UNE CASSEROLE SUR LE FEU. PEUX-TU L'ÉTEINDRE DANS 5 MINUTES ?
DANS 5 MINUTES ?

* OSECHI : REPAS TRADITIONNEL DU NOUVEL AN.

ÇA RESSEMBLE À UNE VIE ?
AH BON ?
LE FUTUR
LE PRÉSENT
LE PASSÉ
ALORS, MON SABLIER EST COMME ÇA ?
POU
12 ANNÉES
ET LE TIEN DOIT ÊTRE COMME ÇA, MAMIE.
POU
PRESQUE MORTE
ON DIT QUE LA MAUVAISE HERBE CROÎT TOUJOURS.
JE VIVRAI ENCORE 50 ANS.
BOM
OH!
C'EST BIZARRE. MAIS JE LE CROIS !
MIAOU !
ÇA SENT LES HARICOTS BRÛLÉS.
AAAAH !!
MIAOU !
C'EST VRAI QUE LES CHATS SAVENT QUAND ILS VONT MOURIR ?

ON DIT QUE LES CHATS PARTENT CHERCHER UN ENDROIT OÙ MOURIR, À L'APPROCHE DE LEUR MORT.
IL Y A QUELQUES JOURS, KURO A DISPARU DE LA MAISON.
MA GRAND-MÈRE A PANIQUÉ. ELLE A MÊME APPELÉ LA POLICE.
C'ÉTAIT GRAVE !
...
DÉPÊCHEZ-VOUS DE LE RETROUVER !
KURO !
KURO ! JE NE TE LAISSERAI PAS MOURIR SEUL !!
CALMEZ-VOUS !
カラカラカラ…
Dring Dring
MIAOU !
JE SUIS RENTRÉ.
AVANT, ELLE M'ÉNERVAIT. MAIS MAINTENANT, ELLE ME FAIT RIRE.
ILS SONT BONS CES OHAGIS*.
ELLE TE FAIT RIRE ?
ぎゃははは
HA HA HA HA HA !
HE ! VENEZ PAR ICI !
* OHAGI : BOULE DE RIZ ENROBÉE DE PÂTE DE HARICOTS ROUGES SUCRÉS.
ON VA PRENDRE UNE PHOTO !
AU DÉBUT...
T'ES COMME D'HAB.
JE SUIS BEAU ?
ALLEZ !
J'AIME PAS LES PHOTOS.
RAPPROCHEZ-VOUS !
... JE DÉTESTAIS VRAIMENT CE VILLAGE.

CLIC
MAIS AUJOURD'HUI...

... J'Y AI TROUVE MA PLACE.
ニャーッ…
MIAOU !
ニャー
MIAOU !
MIAOU !
MIAOUUU
ニャーッ
CRR
CRR
AN ?
AN ?
TU N'ES PAS LÀ ?

TOC
カタンッ
SSs
SSs
SSSs
FSS
パラ
AN EST PARTIE DONNER UN COUP DE MAIN AUX TSUKISHIMA.
TU ES PITOYABLE !!

TA FILLE ESSAIE DE FAIRE DE SON MIEUX ! ELLE EST COURAGEUSE !
TU ES SA MÈRE, ET REGARDE COMMENT TU TE COMPORTES !!
RESSAISIS-TOI !!

3, 2, 1...
1/1
JOUR DE L'AN
Happy New Year !!
TADAAAN
...
LE JOUR DE L'AN NE SE FÊTE PAS AUSSI BRUYAMMENT AU JAPON !
JE VAIS RÉVEILLER MAMAN !!
C'EST JOYEUX.
MAMAN ! L'OSECHI EST PRÊT !
TU PEUX TE LEVER ?

MAMAN !
BONNE ANNÉE !
C'EST UN KIMONO QUE JE PORTAIS QUAND J'ÉTAIS JEUNE.
IL ME VA ENCORE, NON ?
VIENS...
... JE VAIS T'EN METTRE UN AUSSI.
ALLONS PRIER AU TEMPLE TOUTES LES DEUX !
MAMAN...
... TU VAS DÉJÀ MIEUX ?
OUI. GRÂCE À TOI, J'AI PU ME REPOSER.
JE SUIS COMPLÈTEMENT RÉTABLIE !

* ENVIRON 2 EUROS.

ON N'A LE DROIT QU'À UN SEUL VOEU.
HEIN ?
UN SEUL !?
MAIS C'EST IMPOSSIBLE !
SI TU DEMANDES TROP DE CHOSES, DIEU NE TE DONNERA RIEN.
TU DOIS FAIRE UN SEUL VOEU.
CELUI QUE TU SOUHAITES ...
... VRAIMENT VOIR SE RÉALISER.
TU AS DÉJÀ ÉCRIT UN EX-VOTO ?
OUI. IL Y A LONGTEMPS.
QU'AS-TU ÉCRIT ?
C'EST UN SECRET.
HMM...
J'HÉSITE ...
Réussite
Santé et bonheur pour tous.
Faites que je sois la petite amie de Yû.
Kana 01.01.1994
Cette année

MIWAKO ?
C'EST BIEN TOI, MIWAKO ?
MONSIEUR LE PRÊTRE ?
ÇA FAIT SI LONGTEMPS...
JE SUIS CONTENT QUE TU SOIS VENUE.
TU AS L'AIR PLUS EN FORME QUE JE NE L'AVAIS IMAGINÉ...
... J'ÉTAIS INQUIET, TU SAIS.
C'EST TA FILLE ?
OUI.
HMM...
HA HA !
ÇA ME RAPPELLE DES SOUVENIRS...
ELLE EST EN PLEINE RÉFLEXION.
TOI AUSSI, TU VENAIS ICI QUAND TU ÉTAIS PETITE.
TU ÉTAIS CONCENTRÉE QUAND TU ÉCRIVAIS TON VOEU.

VOUS POSSÉDEZ DES EX-VOTO TRÈS ANCIENS.
OUI. LE TEMPLE EST PEU FRÉQUENTÉ, ALORS ON NE LES BRÛLE PAS.
ON LES CONSERVE.
CEUX DU FOND SONT TRÈS ANCIENS.
TU PEUX LES REGARDER, SI CELA TE DIT.
01.01.1994 NORIKO
Je veux
Faites que j'aie un petit ami cette anné
1er janvier 1
RÉUSSITE AUX EXAMENS !! 1994
FAITES QUE M FILS NAISSE
VITE
01.01.1990
FAITES QUE JE ME MARIE AVEC TSUKA. 1990 KUMIKO
AYA MIYATA 1990
Vivre en bonne santé !
Que les affaires roulent !
JE PRIE
La paix dans le monde ! Tomoyuki
Faites que j'aille en finale ! 1988
Faites que ma mère guérisse. 1988 Sakata Kumi
Santé pour toute la famille ! Chiharu
1988 MIWAKO
MIWAKO

1988
MIWAK
カタ…
TAC

FLOP FLOP
ボタッ
FLOP
ボタッ
Faites que quelqu'un vienne et me libère de ce village.
1988 MIWAKO
ボタ
ボタッ
FLOP FLOP
CRAC
ブチッ
CLANG

198
MIWAKO
aites qu
quelqu'un
vienne et
me libère
ce vill

ET...
... FINALEMENT, TU N'AS PAS ÉCRIT D'EX-VOTO ?
NON.
JE N'AI PAS RÉUSSI À ME DÉCIDER.
J'AVAIS TROP DE VOEUX EN TÊTE.
JE NE SAIS PAS QUOI FAIRE DE CES PLAQUETTES RATÉES.
TU PEUX LES BRÛLER À LA FÊTE DU FEU.
"ON N'A LE DROIT QU'À UN SEUL VOEU."
MIWAKO EST SÉRIEUSE ! JE LA RECONNAIS BIEN LÀ.
MOI, J'ÉCRIVAIS PLUSIEURS VŒUX.
WAOUH ! MERCI !
TIENS, DES HARICOTS ROUGES.
POC
JE ME DEMANDE CE QUE MAMAN A ÉCRIT SUR SON EX-VOTO.
PFFFF ! PFFFF !
VOUS LE SAVEZ ?
EH BIEN...
... JE N'AI PAS LU SON EX-VOTO.
MAIS MIWAKO A TOUJOURS VOULU QUITTER LE VILLAGE.
SON VOEU ÉTAIT PEUT-ÊTRE DE PARTIR D'ICI.

MAMAN N'AIMAIT PAS CE VILLAGE ?
ELLE EST TRÈS SENSIBLE.
ELLE NE SUPPORTAIT NI CE FORT ESPRIT COMMUNAUTAIRE...
... NI LE FAIT QUE TOUT LE MONDE SOIT AU COURANT DES AFFAIRES DU VOISIN.
...
...
ÇA NE CORRESPONDAIT PAS À SON TEMPÉRAMENT.
...
ELLE VOULAIT ALLER DANS UNE UNIVERSITÉ DE TOKYO...
... MAIS TA GRAND-MÈRE N'A PAS VOULU.
ALORS...
... ELLE A ÉTÉ HEUREUSE DE SE MARIER ET DE POUVOIR QUITTER LE VILLAGE.
ELLE N'IMAGINAIT SÛREMENT PAS...
... QU'ELLE Y REVIENDRAIT UN JOUR.

ALB
FSS
パラ…
J'IGNORAIS TOUT ÇA.
AH OUI ?
MEMBRES DE LA CHORALE
C'EST LA MÈRE DE DAIGO !!
COMME ELLE EST JEUNE !
FÊTE DE LA MAJORITÉ
OH ! COMME MAMAN EST JEUNE !
QU'ELLE EST BELLE !
MAMAN...
... AUSSI A ÉTÉ JEUNE.
C'EST LOGIQUE.
AAAAAN !
UN JOUR, ELLE A EU MON ÂGE.

LE PETIT ÉTANG A GELÉ !!
J'ARRIVE !!
ON PEUT FAIRE DU PATIN À GLACE ?
AUTREFOIS, UN TYPE A FAILLI MOURIR, CAR LA GLACE S'EST BRISÉE.
ARRIVE-T-IL...
... À MAMAN DE SE PLONGER DANS SON PASSÉ ?
AAAAH !!
TAC
MOI AUSSI, PLUS TARD...

... ME SOUVIENDRAI-JE AVEC NOSTALGIE...
... DE CE JOUR, DE CES INSTANTS ?

MIAOU !
KURO...
C'EST VRAI QUE TU SAIS QUAND TU MOURRAS ?
MIAOU !
ALORS, DIS-MOI QUAND JE VAIS MOURIR.
MIAOU !
ET MOI... ...COMBIEN D'ANNÉES...
... VA-T-IL FALLOIR QUE J'ENDURE ?

JE SUIS SI LASSE !
CETTE NUIT-LÀ...
... MAMAN EST SORTIE FAIRE UN TOUR ET N'EST JAMAIS REVENUE.

ON NE L'A TOUJOURS PAS RETROUVÉE !?
ILS CHERCHENT AUSSI DANS LA MONTAGNE...
... MAIS AVEC CETTE NEIGE...
IL FAIT 0°C...
CRR
... SI ELLE RESTE PLUSIEURS JOURS DANS LA MONTAGNE, ELLE VA Y PASSER.
MIAOU !
MIAOU !
KURO ?
MIAOU !
MIAOU !
QU'AS-TU ?
TU VEUX NOUS DIRE QUELQUE...

FSS
HE !
ON L'A RETROUVÉE AU SOMMET DE LA MONTAGNE !!
POC
ELLE ÉTAIT MORTE.
C'ÉTAIT TROP TARD !

Chers papa et maman,
Je vous confie An.
Miwako
AU FOND DE MOI...
... J'AVAIS TOUJOURS CRAINT...
UEKUSA OBSÈQUES
... QU'UNE TELLE CHOSE N'ARRIVE UN JOUR.
QUELLE HISTOIRE HORRIBLE !
COMMENT A-T-ELLE PU FAIRE ÇA EN AYANT UNE FILLE ?
MAIS...
... JE PENSAIS QUE MAMAN NE M'ABANDONNERAIT PAS.
AN !?

CRAC
FROUSSARDE!!
LÂCHEUSE!!
AN !!
BAM

2/3*
BON-JOUR, PROFES-SEUR.
C'EST GENTIL DE VOUS ÊTRE DÉPLACÉE UNE FOIS DE PLUS.
OH ! CE N'EST RIEN.
AN !
ÇA SUFFIT MAINTE-NANT !
TA PROFESSEUR EST VENUE TE RENDRE VISITE !

* 3 FÉVRIER.

AN !!
QUAND TU IRAS MIEUX, VIENS À L'ÉCOLE !
TES NOUVEAUX CAMARADES T'ATTENDENT !
FST
JE SUIS NAVRÉE, FUJI... SHIIKA.
AN...
... AN NE VEUT TOUJOURS PAS SE LEVER.
2/7
GRuiii

GRUiii
GRUiii
ぐぅ
きゅるるるる
CRRRRRR る
にゃー
MIAOU !
GRRR ぐるる
にゃー
MIAOU !
... POURQUOI...
... EST-CE QUE JE CONTINUE D'AVOIR FAIM MALGRÉ MA TRISTESSE ?
にゃ？
MIAOU !
ぐぅ〜〜
GRUiii
MON ESTOMAC EST SANS PITIÉ !
CLANG
カチャ
CLANG
カチャ
みゃー
MIAOU !

MAMIE...
TILT
はっ
AH...
TU ES LEVÉE ?
JE VAIS...
... RÉCHAUFFER TA BOUILLIE...
... ET TE FAIRE UN THÉ CHAUD.
TU PLEURAIS ?
DÉJÀ TOUTE PETITE...
... TA MÈRE LAISSAIT TRANSPARAÎTRE UNE CERTAINE FRAGILITÉ.
ELLE AVAIT DU CARACTÈRE...
... MAIS ELLE ÉTAIT VULNÉRABLE.
J'ÉTAIS INQUIÈTE...
... AUSSI AURAIS-JE PRÉFÉRÉ QU'ELLE RESTE PRÈS DE MOI POUR POUVOIR VEILLER SUR ELLE.

AAH !
CLANG
C'EST MOI QUI L'AI TUÉE !
JE SAVAIS QUE JE N'AVAIS PAS LE DROIT DE LUI DIRE ÇA...
... MAIS, JE N'AI PAS PU M'EN EMPÊCHER !!
RESSAISIS-TOI !!
JE LUI AI DIT DE SE RESSAISIR !!

CE N'EST PAS TA FAUTE, MAMIE !!
C'EST JUSTE QUE...
... MAMAN ÉTAIT TROP FAIBLE !!
CE N'EST PAS TA FAUTE !!
...
AN...
... TOI, TU ES FORTE. JE ME DEMANDE DE QUI TU TIENS.

JE TIENS DE TOI, MAMIE !
CRR
ぎゅっ
IL EST POSSIBLE QUE...
...MAMAN AIT PRÉMÉDITÉ SON ACTE...
...DEPUIS LE JOUR OÙ ELLE A DÉCIDÉ DE REVENIR AU VILLAGE.
C'EST TRÈS PROBABLE.
MIAOU!
ミャー
MIAOU!
みゃー
TAC
ET MOI...

... JE N'AI PAS RÉUSSI À L'ARRÊTER.
EUH...
CE SONT DES OHAGIS DE NOTRE CUISINIER.
AN LES APPRÉCIE, ALORS J'EN AI APPORTÉ...
C'EST POUR ELLE.
QUELLE CHANCE D'AVOIR UN CUISINIER !
FUJI !

* SHOJI : PORTE COULISSANTE TRADITIONNELLE JAPONAISE.

... LA RÉPLIQUE DE CELUI QUE TU GARDAIS PRÉCIEUSEMENT, NON ?
TAAP
AN !

DAIGO !!
HEIN ?
TAAP
FUITE
ATTENDS ! POURQUOI TU T'ENFUIS ?
BAH...
... JE NE MÉRITE PAS DE TE REGARDER !

JE T'AVAIS PROMIS...
... QUE TOUT ALLAIT BIEN SE PASSER.
J'AURAIS QUAND MÊME AIMÉ QUE TU VIENNES ME VOIR !!

LE SABLIER ...
... TU ES ALLE JUSQU'À NIMA POUR ME L'ACHETER ?
CELUI-CI NE REMPLACERA PAS L'AUTRE...
... ET ÇA NE ME REGARDE PEUT-ÊTRE PAS...
... MAIS JE SAVAIS QUE TU Y TENAIS BEAUCOUP.
NE DÉTRUIS PAS CE À QUOI TU TIENS.
N'ESSAIE PAS D'EFFACER...
... TES PRÉCIEUX SOUVENIRS.

CRR
ぎゅっ…
FLOP ぽた
ぽた FLOP
FLOP ぽたっ…
MOi...

... JE RESTERAI TOUJOURS AUPRÈS DE TOI.

CRR
ぎゅっ
"ON N'A
LE DROIT...

PORTE-BONHEUR
... QU'À UN SEUL VOEU."
AN
URAKE
PORTE-BONHEUR

CLAP
CLAP
JE CROYAIS QUE...
MIWAKO
quelquin
vienne et
me libère
... LES PRIÈRES ÉTAIENT EXALICÉES.

CET HIVER-LÀ...
198
MIWAKO
Faites que quelqu'un vienne et
FAITES QUE JE PUISSE TOUJOURS RESTER AVEC DAIGO.
AN
... J'ÉTAIS ENCORE INNOCENTE.

AN UEKUSA
ELLE EST DROITE ET PLEINE DE VOLONTÉ, POUR LE MOMENT...

L'HISTOIRE DU "PLUS GRAND SABLIER DU MONDE"
HAUTEUR : 5,20 M
DIAMÈTRE : 1 M
SABLE : 1 T !
OOOH !
おおー。
LE FAMEUX SABLIER EST SUSPENDU AU PLAFOND. MAIS UNE REPRODUCTION GRANDEUR NATURE EST POSÉE AU SOL, POUR QU'ON PUISSE ÉVALUER SA TAILLE.
PRENDS-MOI EN PHOTO !
CLIC
CLIC
JE SUIS ALLÉE FAIRE DU REPÉRAGE AU SAND MUSEUM DE NIMA, DANS LE DÉPARTEMENT DE SHIMANE.
OU PLUTÔT DU TOURISME.
OH ! IL A LA FORME D'UNE PYRAMIDE.
MA GRANDE SŒUR
ON PEUT ADMIRER CETTE TECHNOLOGIE.
ON PEUT AUSSI RÉFLÉCHIR À CE QUE REPRÉSENTE UNE ANNÉE.
HM ! IMPRESSIONNANT !
IL FAUT PRENDRE EN COMPTE LA PRESSION DE L'AIR, C'EST TRÈS HIGH-TECH
JE ME DEMANDAIS COMMENT UN SABLIER GÉANT POUVAIT MESURER UNE ANNÉE AVEC EXACTITUDE. EN FAIT, LE SABLIER EST RÉGULÉ PAR UN ORDINATEUR.
JE REMERCIE LE CONSERVATEUR DU MUSÉE DE SON AIMABLE AUTORISATION.
CRIII
CRIII
CRIII
IL Y A AUSSI DU "SABLE CHANTANT" DE KOTOGAHAMA.
CRIII
CRIII
LE SABLE CRISSE QUAND ON APPUIE OU QUAND ON MARCHE DESSUS. C'EST RIGOLO.
C'EST INTÉRESSANT DE SE PENCHER SUR LA NOTION DU TEMPS.
NIMA SAND MUSEUM
CODE POSTAL : 699-2305
975-BANCHI, AMAGOCHI, NIMACHO, ODASHI
FAITES PASSER LE MESSAGE !
SI ÇA VOUS INTÉRESSE, JE VOUS CONSEILLE D'Y ALLER.

Le tonnerre

DAIGO KITAMURA
C'EST LE GENRE À AGIR AVANT DE RÉFLÉCHIR. CE GARÇON EST ÉQUILIBRÉ.

MOI...
... JE RESTERAI TOUJOURS AUPRÈS DE TOI.
MIIIN MINMIN MIIIN*
VZ-IIIII*
FAITES QUE JE PUISSE TOUJOURS RESTER AVEC DAIGO.
UN AN ET DEMI PLUS TARD.
AN
TSUKUTSUKUHOOOSHI**
* CRIS DE CIGALES JAPONAISES.
** TSUKUTSUKUHOOOSHI : CHANT D'UNE CIGALE JAPONAISE QUI A DONNÉ SON NOM À L'INSECTE.

MIIIN MINMIN MIIIN
...
CET ÉTÉ-LÀ...
VZIIIII
DAIGOOOOOO !
COUCOU !
TIENS ? AN !
DAIGO EST PARTI DEPUIS LONGTEMPS À L'ÉCOLE.
HEIN ?
AH BON ?

IL EST À SON ENTRAÎNEMENT ?
OUI.
J'AI UN PETIT SERVICE À TE DEMANDER.
PEUX-TU LUI APPORTER SON DEJEUNER ?
IL L'A OUBLIE.
IL EST ENORME !
LOURD
NOTRE COLLÈGE...
... NE COMPTE QUE PEU D'ÉLÈVES.
VZZZZ VZIIIII
MIIIN MINMIN MIIIIN
ET IL N'Y A QUE DEUX CLUBS DE SPORT : ATHLETISME ET JUDO.
CA NE COÛTE PAS CHER EN MATERIEL.
J'AI ABANDONNE L'ATHLÉTISME AU BOUT DE SIX MOIS...
HOP
YAH ! VLAN
... MAIS DAIGO...
... CONTINUE ASSIDÛMENT LE JUDO, ALORS QU'IL AVAIT COMMENCE SANS TROP Y CROIRE.
VLAN
TAC
AH !

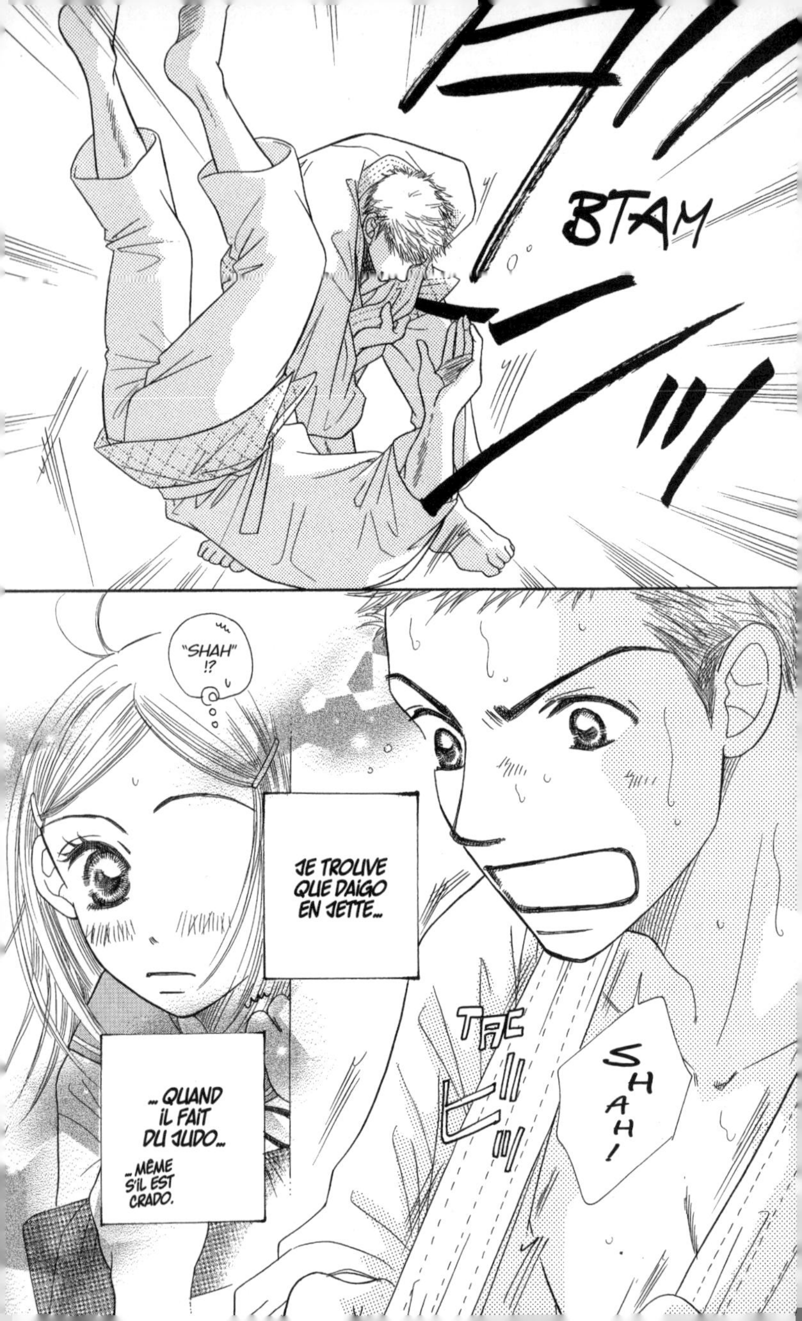
BTAM
SHAH!
TAC
"SHAH" !?
JE TROUVE QUE DAIGO EN JETTE...
... QUAND IL FAIT DU JUDO...
... MÊME S'IL EST CRADO.

EST-CE À CAUSE DE CELA ?
CES DERNIERS TEMPS, UNE VERMINE PARASITE DAIGO.
HE !!
CEUX QUI NE SONT PAS DU CLUB N'ONT PAS LE DROIT D'ASSISTER À L'ENTRAÎNEMENT.
VOILÀ LA VERMINE ! AYUMU NARASAKI !
JE LUI REMETTRAI SON DÉJEUNER !
DONNE-LE MOI !
JE LE LUI DONNERAI MOI-MÊME !!
TAC
GRAAO !
LÂCHE ÇA !
GRAAO !
CLING
POF
AAAAAH...
QU'EST-CE QUI TE PREND ?
OBSÉDÉE !
TU FAIS DU 80 A ?
PFFF...!

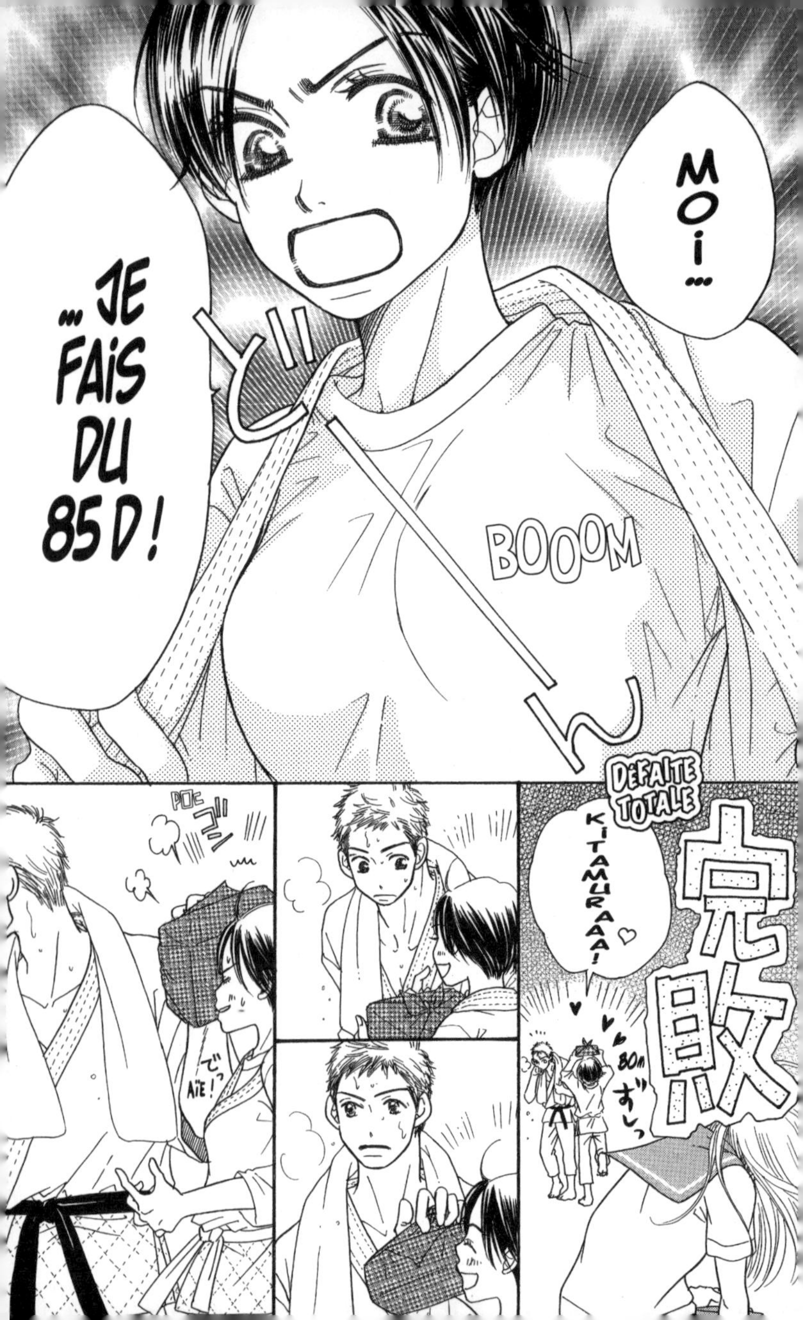
MOI...
... JE FAIS DU 85 D !
どーん
BOOOM
DÉFAITE TOTALE
完敗
KITAMURAAA !
BOM
ずしっ
POC
ゴン
でっ
AÏE !

QU'EST-CE QUE TU FABRIQUES ?
TU VAS TE SALIR.
MERCI POUR MON DÉJ'
LAISSE-MOI !
HOP
...
AU FAIT...
CRR
DAIGO...
... A SUBITEMENT GRANDI...
... EN ENTRANT AU COLLÈGE.
EST-CE À CAUSE DE CELA ?
MAINTENANT, ÇA ME REND NERVEUSE QUAND JE SUIS À CÔTE DE LUI.
... TU M'ÉCOUTES ?
HEIN ?
NON, JE NE T'ÉCOUTAIS PAS.
HÉÉÉÉ !!
TIENS !
CAMP D'ÉTÉ
BULLETIN D'INSCRIPTION
DU 23 AU 29 JUILLET

CAMP D'ÉTÉ
BULLETIN D'INSCRIPTION
DU 23 AU 29 JUILLET
LES COLLÉGIENS
UN CAMP D'ÉTÉ ?
OUI, C'EST UNE INITIATIVE DE LA RÉGION...
... POUR DYNAMISER LES VILLAGES.
J'Y PARTICIPE AVEC MON CLUB PENDANT LES VACANCES. TU VEUX VENIR ?
Y A MÊME UNE PLAYSTATION À GAGNER !
MAIS IL N'Y A QUE LES GENS DU CLUB DE JUDO, NON ?
NARASAKI SERA LÀ AUSSI.
JE SERAI LA SEULE À NE PAS EN FAIRE PARTIE.
T'AS QU'À INVITER SHIIKA ET FUJI.
BEEEH !
BEUUUH- !
HE ! HO !
TU M'ÉCOUTES QUAND JE TE PARLE ?

CLAC
あ。
AH !
...
PESTE !
JE...
CET ÉTÉ, JE NE POURRAI PAS PASSER BEAUCOUP DE TEMPS AVEC VOUS À CAUSE DU CLUB...
... ALORS ?
EUH...
... OUI.
D'ACCORD...
... J'AI COMPRIS.
BULLETIN D'INSCRIPTION DU CAMP D'ÉTÉ
JE VAIS Y RÉFLÉCHIR.
MIIIN MINMIN MIIIN
TSUKUTSUKUHOOOSHI
ツクツクホーシ
VZIIII VZIIIIII
DU CAMPING...
MIIIN MINMIN MIIIN

QUEL INTÉRÊT DE PARTIR EN PLEINE NATURE...
... QUAND ON VIT DÉJÀ À LA CAMPAGNE ?
BONJOUR, AN !
BONJOUR !
PAISIBLE
CELA DIT, JE POURRAI RESTER AVEC DAIGO TOUTE UNE SEMAINE, DU MATIN AU SOIR...
HMM...
MÊME SI LA VERMINE SERA LÀ, ELLE AUSSI.
29 JUILLET
...
HEIN ?
UN CAMP D'ÉTÉ !?
TSUKISHIMA
JE VEUX Y ALLER !! JE VEUX Y ALLER !! JE VEUX Y ALLER !!
JE VEUX ABSOLUMENT Y ALLER !!
TU VIENS AUSSI, FUJI ?
TU VIENS, HEIN !?
...

VZIII
VZIIIIII
JE VAIS DEMANDER L'AUTORISATION À MAMAN !!
MAMAAAN !
TAP TAP
UN CAMP D'ÉTÉ ?
ÇA A L'AIR AMUSANT. TU PEUX Y ALLER.
VRAIMENT ?
YOUPI !
FUJI...
... TU PEUX Y ALLER AUSSI.
...
FLAP
FLAP
QU'AS-TU DÉCIDÉ, FUJI ?
ÇA N'A PAS L'AIR DE T'ENCHANTER.
Hm ?
SI, SI... JE VIENS.
T'AS ENVIE D'Y ALLER, NON ?
BULLETIN D'INSCRIPTION

JE T'ACCOMPAGNE.
ほっ…
OUF !
COMMENT ?
DU CAMPING ?
POURQUOI AVEZ-VOUS BESOIN DE PRENDRE LE TRAIN ?
VOUS N'AVEZ QU'À PLANTER DES TENTES ICI.
JE ME SUIS FAIT LA MÊME RÉFLEXION.
IL PARAÎT QUE C'EST UN GRAND CAMPING TRÈS BIEN ÉQUIPÉ.
IL Y AURA AUSSI DES JEUNES DES RÉGIONS VOISINES.
EN PLUS, IL Y AURA DES LOTS À GAGNER !
JE GAGNERAI UNE PLAYSTATION POUR TOI, MAMIE !!
JE N'EN VEUX PAS !!
EUH... OÙ SONT MES NOUVELLES CULOTTES ?
SEPT JOURS...
... C'EST ASSEZ LONG...

…
TAC カタ…
AN !
SERVIETTES
PRENDS ÇA, AU CAS OÙ.
HEIN ?
DES SERVIETTES HYGIÉNIQUES ?
TU SAIS T'EN SERVIR ?
VU TON ÂGE, TES PREMIÈRES RÈGLES PEUVENT ARRIVER N'IMPORTE QUAND.
SERVIETTES
ON DIT QUE LES JEUNES SONT PRÉCOCES DE NOS JOURS…
… MAIS TOI, TU ES PLUTÔT EN RETARD !?
LES FILLES DE TA CLASSE SONT TOUTES RÉGLÉES ?
EUH…
… C'EST BON ! JE LES EMPORTE…
… AU CAS OÙ.
TU AS PEUT-ÊTRE UNE CARENCE ALIMENTAIRE.
JE VAIS TE DONNER PLUS DE VIANDE.
は、AH !
TU ES PLATE COMME UNE LIMANDE !! ET TU N'AS PAS DE FESSES !
TU MANQUES SÛREMENT DE VITAMINES !!

JE NE L'AI PAS DIT À MAMIE...
GRAAO ! GRAAO !
GRAAO ! GRAAO !
TU PEUX PARLER, MAMIE !
TU ES PLATE AUSSI.
AUTREFOIS, J'AVAIS DES SEINS !
ILS ONT RÉTRÉCI !!
... MAIS, J'AI DÉJÀ EU MES PREMIÈRES RÈGLES.
SERVIETTES
NON !? TU MENS !
JE LES AI EUES AU PRINTEMPS QUAND J'ÉTAIS EN 6e.
PUIS, ELLES SE SONT ARRÊTÉES NET...
... IL Y A UN AN ET DEMI.
JE NE LES AI PLUS...
CLIC CLIC
FSHHH
POF POF
... DEPUIS L'HIVER OÙ MAMAN EST MORTE.

Clang
Clang
ガタ ガタ
Clang
ゴトン
23
Départ
camp
d'été
30
7
WAAAOUH!!!
ON EST ARRIVÉS !
À 100 MÈTRES
CAMPING

C'EST LA MONTAGNE.
BROUHAHA
BROUHAHA
BROUHAHA
BROUHAHA
IL N'Y A QUE DE LA MONTAGNE.
ON EN A RAS LE BOL DE CE PAYSAGE !
VOUS AVEZ UN COPAIN, MADEMOISELLE ?
POSEZ VOS AFFAIRES ET VENEZ ICI !!!
BROUHAHA
VOUS ALLEZ VOUS DIVISER EN PLUSIEURS GROUPES ET PLANTER VOS TENTES !
POUR FORMER LES GROUPES, REGARDEZ VOTRE PROGRAMME.
VOUS L'AVEZ ?
BROUHAHA
BROUHAHA
BROUHAHA
LA COULEUR DE LA COUVERTURE DÉTERMINE VOTRE GROUPE. VOUS ALLEZ VOUS RÉPARTIR PAR COULEUR, EN DIX GROUPES.
REGARDEZ BIEN !
LA MIENNE EST JAUNE !
LA MIENNE AUSSI !
青
GROUPE BLEU
LA VERMINE !
黄
GROUPE JAUNE
JE VAIS TE LE PORTER.
OH ! MERCI.

GRR!
GRR!
GRR!
GRR! GRR!
ZUT ! ZUT ! ZUT ! ZUT ET RE-ZUT !!!
MALÉDICTION
TOC
TOC
TOC
TOC
TOC
TU CROIS QUE JE PEUX LÂCHER, AN ?
PAS DE PRO-BLÈME !
TAC
POF
VOOM
TAC
CRRR
C'EST DANGEREUX !
QU'EST-CE QUE TU FABRIQUES ?
AH ! DAIGO !
CLANG CLANG
AAAAH !
AAAAH !
CLANG CLANG
WAAAH !
CLANG

TU DOIS PLANTER LE PIC PERPENDICULAIREMENT À LA CORDE !
TOC
AH ! D'ACCORD...
C'EST LOGIQUE.
PULSION MEURTRIÈRE
PSHHHH
PSS PSS PSS
TAC
IL NE SORT PAS AVEC AN UEKUSA ?
CETTE FILLE N'A RIEN À VOIR AVEC LUI !
CRAC
FSHHH
KITAMURA M'A DIT QU'IL NE SORTAIT PAS AVEC ELLE !!
FSHHH
MOI...
... JE VAIS TOUT FAIRE POUR QUE KITAMURA DEVIENNE MON PETIT AMI, PENDANT CE CAMP !
BOM

JE NE PENSE PAS ÊTRE MOINS BIEN QU'ELLE !
JE SUIS SÛRE DE MA FÉMINITÉ !!
ACH !
HE !
MIIIN MINMIN MIIIN
TSUKUTSUKUHOOOSHI
...
TOURNE
C'EST VRAI QUE DAIGO NE M'A JAMAIS DEMANDÉ DE SORTIR AVEC LUI.
ALLEZ ! POUSSE-TOI !
TU ME GÊNES.
BOM
AAH !
...
TU SAIS, UEKUSA...
FFF !
?
FFFF... FFFFFF...
FLAP
FLAP
Programme
... CE CAMP...
... REGORGE D'OCCASIONS POUR ENSORCELER UN HOMME !
VOILÀ !
TADAAAN
14 : 00
Temps libre à la rivière (amenez un maillot de bain)
menez un maillot de bain)

WAAAAH !!! ♡
REGARDE, KITAMURA !!
BOM
!!
J'AI ATTRAPE UN CRABE.
FFF ! ♡
PSHH !
HÉÉÉ !
おまえ～!
ON VOIT TROP TA POITRINE !!
AH BON ? TU TROUVES ?
COMME ÇA ? ♡
PFFT !
POAM
DAIGO N'A PAS L'AIR MÉCONTENT !!
SPLASH SPLASH
IL EST COMME LES AUTRES GARÇONS DE SON ÂGE !!

...
TRISTE
MIIN MINMIN MIIIN
VZIII
Yiuuu
ひゅう…
Snif! Snif! Snif!
しくしくしく
Snif! Snif!
しくしくしく…
AAAN!!
TU NE NAGES PAS ?
HM ? SHIIKA ?
TU N'ES PAS EN MAILLOT ?
NON. J'AI MES RÈGLES.
JE CROIS QUE LES GARÇONS S'EN DOUTENT.
JE SUIS DÉGOÛTÉE !
AH...
IL Y EN A QUI NE SE SONT APERÇUS DE RIEN.
TU NE NAGES PAS, TSUKISHIMA ? ALLEZ, VIENS !
EUH...
C'EST QUE...
ELLE A DU SUCCÈS.
Hiiii!
きゃー
あはははは…
HA HA HA HA!
ARRÊTEZ, LES GARÇONS !
AAAH !

DIS-MOI, SHIIKA...
TU CROIS QUE C'EST GRAVE...
... QUE JE N'AIE PLUS MES RÈGLES DEPUIS UN AN ET DEMI ?
NOOON ! ARRÊTEZ !
ぎゃはははは
HA HA HA HA !
IL L'A FORCÉE À METTRE UN TEE-SHIRT
HEIN ?
MAIS...
... AH...
C'EST VRAI ?
OUI.
JE N'AI PLUS MES RÈGLES DEPUIS LA MORT DE MA MÈRE.
...
J'AI ENTENDU DIRE QUE LES RÈGLES POUVAIENT S'ARRÊTER À CAUSE DU STRESS...
... TU DEVRAIS EN PARLER À UN ADULTE...
MA GRAND-MÈRE...
... EST TRÈS SENSIBLE QUAND IL S'AGIT DE MA MÈRE. JE N'OSE PAS LUI EN PARLER.

TU SAIS...
... J'AI L'IMPRESSION DE NE PAS ÊTRE VRAIMENT UNE FILLE.
JE N'AI PLUS CONFIANCE EN MOI.
HIIII !
きゃーっ
HAHAHA...
ははは…
AN...

CET APRÈS-MIDI, VOUS ALLEZ FAIRE UNE COURSE DE FOND DE 10 KM !
QUOI !? C'EST SÉRIEUX !?
AAAH !
ON NON !
AAAH !
LES PREMIERS ARRIVÉS GAGNERONT DE BEAUX CADEAUX. BONNE COURSE !
LA PLAY-STATION !?
C'EST LA PLAY-STATION !?
C'EST LA PLAY-STATION !!
RAAAH ! J'EN PEUX PLUS !
HAAAH !
HAH !
ぜいっ
はっ
HAH !
JE MEURS !!
はっ
BOUM
AÏE !
T'ES TROP LENTE !
TU FAISAIS VRAIMENT DE L'ATHLÉTISME ?
ON PART DEVANT.
JE COURAIS LE 100 MÈTRES !
TU M'AS FAIT MAL !
HAH !
HAAAH !
ぜいっ
ZUUUT !
HAAH !

TAAAP
ON RECONNAIT LES SPORTIFS.
HAAAH !
HAAAH !
JE NE PEUX PAS LES RATTRAPER...
JE VIENS DE LA VILLE, MOI !
BRR !
BOUUUM
À PLUS TARD !
AGH... NARASAKI !
HAAH !
...
PAF

Tap tap tap
スタスタスタ
AN !? OÙ VAS-TU ?
JE SÈCHE.
ÇA VA, TSUKISHIMA ?
ON NE COURT PAS TROP VITE !?
TU N'AS PAS SOIF ?
HEIIIIN !?
ELLE A DU SUCCÈS.
ガサッ
TAP
Snif ! ぐじ…
Tap
DANGER
ATTENTION À LA FALAISE !

À propos de
"Le tonnerre"

Cette histoire se passe
dans un camp d'été.
Quand j'étais enfant,
je faisais partie
des scouts. J'allais
souvent en camping.
J'emportais ma
gamelle et mon sac
de couchage.
J'ai plein de
merveilleux
souvenirs de belles
nuits étoilées
et de chasses aux
libellules rouges.
Il me semble que
l'année de 4e
du collège est une
période où le corps
et le cœur sont
chamboulés par tous
les changements.
Vous ne trouvez pas?
Vous ne trouvez pas?
Je remercie tous
ceux qui m'envoient
des lettres. Je les lis
toutes soigneusement.
Parfois, j'en ai les
larmes aux yeux.

ひゅ
VIUUUUUUUUUU
おぉぉぉぉぉ……っ
WA…
…OUH!
Hiiiii!

SACRÉE FALAISE !
ÇA FAIT PEUR !
UNE CHUTE ET C'EST LA MORT ASSURÉE.
CRR
"ON L'A RETROUVÉE AU SOMMET DE LA MONTAGNE !!"
"C'ÉTAIT TROP TARD !"
Chers papa et maman,
"ELLE ÉTAIT MORTE." JE VOUS CONFIE AN. MIWAKO
MAMAN EST MORTE À LA MONTAGNE.
TU FAIS QUOI ?
AH...
... FUJI ?
C'EST DANGEREUX.
NE TE PENCHE PAS.

QUE FAIS-TU ICI ?
ET LA COURSE DE FOND ?
JE N'ALLAIS QUAND MÊME PAS COURIR !
スタスタスタ
TAP TAP TAP
AH !
HIER NON PLUS, TU N'ES PAS VENU À LA RIVIÈRE !!
T'AS SÉCHÉ !?
JE N'AIME NI LES ACTIVITÉS DE PLEIN AIR...
... NI LES LOISIRS EN GROUPE.
J'AVAIS OUBLIÉ... IL EST COMME ÇA.
ALORS, TU N'AVAIS PEUT-ÊTRE PAS ENVIE DE VENIR ICI ?
JE T'AI UN PEU FORCÉ ?
MAIS NON.
DE TOUTE FAÇON, JE N'AVAIS PAS ENVIE DE RESTER CHEZ MOI.
À CE PROPOS... DEPUIS UN MOMENT, JE ME DEMANDE...
... SI TU N'AS PAS UN PROBLÈME AVEC TES PARENTS ?

JE TE DONNE CETTE IMPRESSION ?
OUI, UN PEU.
AH...
FSSS
IL PLEUT !
FLASH
OH ! UN ÉCLAIR !
ÇA FAIT PEUR !
OUAAAN ! ON VA ÊTRE TREMPÉS !
RAAN ! IL PLEUT !
AAAH !
SPLAAASH
DÉPÊCHEZ-VOUS DE DÉMONTER VOS TENTES !!
ON SE RETROUVE AU BUNGALOW !!

À CAUSE DE L'AVERSE, PAR MESURE DE SÉCURITÉ, NOUS DORMIRONS TOUS AU BUNGALOW.
DOUCHEZ-VOUS CHACUN À VOTRE TOUR ET REPOSEZ-VOUS BIEN.
OUIIII !
SUPER !
QUOI ? ON PEUT SE DOUCHER ?
BROUHAHA
BROUHAHA
WAOUH ! LA SALLE DE BAIN EST NICKEL !
JE SUIS RASSURÉE ! JE PENSAIS QU'ON NE SE DOUCHERAIT PAS PENDANT UNE SEMAINE.
HA HA !
ON AURAIT SENTI MAUVAIS !
HA HA !
J'AI PERDU !
VOUS POUVEZ ÉTEINDRE LA LUMIÈRE ?
TIENS-LE !
HE !
T'ES VENU POUR LIRE, FUJI ?
VAS-Y.
J'ÉTEINS.
GROOOO
FLASH
BAOOUM
OH !

GROOOO
HÉ ! T'AS VU L'ÉCLAIR ?
LA FOUDRE N'EST PAS TOMBÉE LOIN !!
J'AI LA FROUSSE !
ON NE POURRA PAS DORMIR TRANQUILLE !
FSHHHH
GROOOO
FSHHHH
GROOOO
MAMAN...
FSHHHH
MAMAN...
MAMAN ?
J'AI PEUR DU TONNERRE. JE N'ARRIVE PAS À DORMIR.
TAC
PAPA N'EST PAS LÀ CE SOIR...
GROOOO
... JE PEUX DORMIR AVEC TOI...?
GROOOO

FLASH
GROOOO
ゴロゴロゴロ…
FUJI…
… VA-T'EN…!

FSHHHHHH
VA-T'EN !!
MADAME FAIT DES SIENNES.
MIIN MINMIN MIIIN
ELLE PROFITE DES ABSENCES RÉPÉTÉES DE MONSIEUR...
... POUR BATIFOLER AVEC SON AMANT.
TU L'IGNORAIS ?
IL PARAÎT QUE FUJI N'EST PAS LE VRAI FILS DE MONSIEUR.
TU PARLES TROP FORT ! ON POURRAIT T'ENTENDRE !

BOUUUM
!
HEIN ?
はうっ
FSHHHH
ZZZZZZ
ぐおーっ
...
GROOOO
ゴロゴロゴロ
FLASH
ピカッ
FSHHHH
GROOOO
ゴロゴロゴロ
FSHHHH

AN ?
C'EST TOI, FUJI ?
QU'AS-TU ? TU NE DORS PAS ?
GROOOO
FSHHHH
TU SAIS...
... LE TONNERRE, ÇA ME RAPPELLE DE MAUVAIS SOUVENIRS.
QUAND J'ÉTAIS EN CE1, LORS D'UN PIQUE-NIQUE...
...
GROOOO
... LE TONNERRE S'EST MIS À GRONDER SUBITEMENT.
ET LE GARÇON DONT J'ÉTAIS AMOUREUSE M'A BOUSCULÉE POUR POUVOIR S'ENFUIR LE PREMIER !!
J'ÉTAIS TELLEMENT CHOQUÉE QUE JE LUI AI DONNÉ UN COUP DE POING.
MES PARENTS ONT ÉTÉ CONVOQUÉS À L'ÉCOLE, ET JE ME SUIS FAIT SERMONNER !!
FLASH !
QUEL IDIOT !
J'ENRAGE RIEN QUE D'Y PENSER !!
HM ? QU'EST-CE QUE T'AS ?
C'EST RIEN.
HA...!

HA HA !
TON HISTOIRE M'A DÉTENDU !
?
TU TE MOQUES DE MON MALHEUR !
Noiiiir
TU SAVAIS QU'À L'ORIGINE...
GROOOO
... "TONNERRE" S'ÉCRIVAIT AVEC LES IDÉOGRAMMES "CRI" ET "DIEU" ?
* 神鳴 かみなり
AH BON ? C'EST VRAI ?
AUTREFOIS, ON PENSAIT QUE LE TONNERRE ÉTAIT UNE MANIFESTATION DIVINE.
* KAMIMARI EST LE MOT "TONNERRE" EN JAPONAIS. LITTÉRALEMENT, IL SE LIT "CRI DE DIEU"
JE N'AI QUE DE MAUVAIS SOUVENIRS LIÉ AU TONNERRE.
J'AI PEUT-ÊTRE COMMIS UN PÉCHÉ ?
FSHHHH
HMM...
...
... TU NE PRIES PEUT-ÊTRE PAS ASSEZ ?
FSHHHH
QUOI ?
...
POU
"DIEU... MON DIEU..."
CLAP

FAITES QUE JE PUISSE TOUJOURS RESTER AVEC DAIGO.
AN
"MON DIEU..."
CRR
きゅっ
TAC
LE TONNERRE A CESSÉ.
HEIN ?
AH !
C'EST VRAI...
ET IL Y A MOINS DE VENT.
AH !
...
JE CROIS QU'ON PEUT SORTIR.
ALLONS-Y !
HEIN ?

SPLOUTCH
RAAGH !
MAIS... FUJI !! OÙ VEUX-TU ALLER ?
FAIS ATTENTION ! C'EST TRÈS BOUEUX.
TU AURAIS PU LE DIRE PLUS TÔT.
CLIC
PLEIN DE BOUE
HIER SOIR, J'AI DÉCOUVERT CET ENDROIT EN ME PROMENANT.
REGARDE...

OH!
MAIS... C'EST QUOI ?
DES LUCIOLES !?
JE CROIS QUE CE SONT DES HIMEBOTARUS*.
IL Y EN A BEAUCOUP EN CETTE SAISON.
VRAI CAMPAGNARD
* HIMEBOTARU : VARIÉTÉ DE LUCIOLE JAPONAISE.
C'EST INCROYABLE !
... DES LUCIOLES !!
C'EST LA PREMIÈRE FOIS QUE JE VOIS...
C'EST MAGNIFIQUE !
JE SUIS VRAIMENT ÉBLOUIE !!

iL AVAIT VU QUE J'ÉTAIS DÉPRIMÉE ?
...
HOP
DE RIEN !
JE TE REMERCIE...
POAAM

LES LUCIOLES...
... NE VIVENT QU'UNE SEMAINE APRÈS QU'ELLES ONT ATTEINT LE STADE ADULTE.
ELLES SONT TRÈS ÉPHÉMÈRES...
... ALORS...
... C'EST PEUT-ÊTRE POUR CELA...
... QU'ELLES PARAISSENT D'UNE BEAUTÉ PRESQUE IRRÉELLE.
VRAIMENT ?
JE L'IGNORAIS.
L'ÉTERNITÉ N'EXISTE PAS.

ALORS...
...CHAQUE INSTANT COMPTE.
CELA...
...JE LE SAIS...
...PLUS QUE QUICONQUE.
JE N'AI PAS LE TEMPS DE ME MORFONDRE DANS MON COIN.
TAC

...
...
"JE RESTERAI TOUJOURS AUPRÈS DE TOI."
POUR QUE CETTE PROMESSE DURE TOUJOURS...
CRR
... JE DOIS ÊTRE SOURIANTE...
... QUAND JE SUIS AVEC LUI.
DAIGOOOOOO!
...

TOI...
... IL T'EST ARRIVÉ QUELQUE CHOSE.
HEIN ? POURQUOI ?
NON. POUR RIEN.
OH ! DAIGO !
VIENS VOIR !
J'AI TROUVÉ DES FRAISES DES BOIS !
TAC
T'ES BÊTE ! CELLES-LÀ NE SONT PAS COMESTIBLES !
HEIN ? AH BON ?
GROOOOOOO
FLASH

BAOUUUM
GROOOOOOO
NOOOON! LE TONNERRE GRONDE ENCORE !
FSHHH
AAH ! VITE AUX ABRIS !
ON EST ENCORE DE RETOUR AU BUNGALOW.
ON N'A PAS DE CHANCE !
TREMPÉE
LE PROGRAMME DE L'APRÈS-MIDI EST ANNULÉ.
QU'EST-CE QUI ÉTAIT PRÉVU ?
EUH...
UNE CHASSE AU TRÉSOR SAUVAGE !
C'EST QUOI ?
Programme
"POUR TROUVER LE TRÉSOR, VOUS DEVREZ RAMPER À TRAVERS LA MONTAGNE EN SUIVANT LES INDICES. C'EST UNE CHASSE AU TRÉSOR DIFFICILE ! UN VÉRITABLE JEU DE SURVIE !"
OH ! ÇA A L'AIR DUR.
ARRIVÉE
④
③
②
①
Départ
J'AURAIS BIEN AIMÉ LE FAIRE.
ÇA A L'AIR AMUSANT.
C'EST SÛREMENT À CE JEU QU'ON PEUT GAGNER UNE PLAYSTATION !
IL N'Y EN AVAIT PAS POUR LA COURSE DE FOND.
ON DIRAIT QUE TU AS RETROUVÉ LA FORME.
TU AS UN JEU D'UNO, AN ?
ON Y JOUE ?
DANS LA CHAMBRE DES GARÇONS !
OUI, J'EN AI UN.
JE VAIS LE CHERCHER !!
D'ACCORD !
C'EST PAR ICI.
HEIN ?
VIENS, TSUKISHIMA.
ELLE A DU SUCCÈS.

TIENS ?
VOOM
OÙ EST-CE QUE JE L'AI RANGÉ ?
HM ? OÙ EST PASSÉ MON UNO ?
VOOM
VOOM
IL EST DANS LA POCHE INTÉRIEURE.
HEIN ?
AH ! TU AS RAISON !
MERCI ! FINALEMENT, T'ES PAS SI MAUVAISE. ♡
HEIN ?
MAIS...
HM ?
... POURQUOI TU SAVAIS OÙ ÉTAIT MON JEU ?
ALLÔ ?
UNO
PARCE QUE J'AI FOUILLÉ DANS TON SAC POUR PRENDRE...
FLOP
... TON "TRÉSOR"...
... ENFIN, JE CROIS.

TAC
IL N'EST PLUS LÀ !!
MON SABLIER N'EST PLUS LÀ !!
IL N'EST PLUS LÀ !!
CE N'ÉTAIT PAS ÉVIDENT D'ALLER LE CACHER DEHORS SOUS CETTE AVERSE.
Indice① Le rocher du Chat
TIENS !
C'EST L'INDICE N° 1.
TU N'AS QU'À SUIVRE LES INDICES POUR TROUVER LE TRÉSOR.
TU VOULAIS Y JOUER, NON...
... À LA CHASSE AU TRÉSOR SAUVAGE ?
FLASH !

FSHHH
OH ! QUEL TEMPS ! ÇA FAIT PEUR.
GROOOO
DÉPÊCHE-TOI, LA NUIT VA TOMBER ! TU NE POURRAS PLUS LE RETROUVER.
MAIS LA PLUIE L'A PEUT-ÊTRE DÉJÀ EMPORTÉ. ♡
GROOOO
"LE TONNERRE EST UNE MANIFESTATION DIVINE."
NON...
... NON, FUJI... CE N'EST PAS ÇA.
FLASH
LE TONNERRE...

...MOI AUSSI, JE PEUX LE PROVOQUER !!
ガッ
TAC
HEIN ?

BOUUUUUM
AAAAAAAAH!!

IPPON* !!
ELLE A GAGNÉ !
HÉ !
AYUMU !?
MAIS...
JUDOKAS
* IPPON : TERME UTILISÉ EN JUDO POUR SANCTIONNER UNE VICTOIRE.
TAP
ÇA VA ?
ATTENDS !
MON...
...TRÉSOR !!
FSHHHH
SPLASH
SPLASH
"LE ROCHER DU CHAT" ?
HAAH !
はあっ…
QU'EST-CE QUE ÇA VEUT DIRE !?
J'EN SAIS FICHTRE RIEN !
PLAN DU CAMPEMENT

La cascade
Tente
LE CHAT... LE CHAT...
LE CHAT... LE CHAT... LE CHAT...
W C
La grande place de l'Amitié
Parcours de marche
Le rocher de la Bête
LE CHAT...
ON DIRAIT UN CHIEN ?
SPLASH
SPLASH SPLASH
HAAH !
C'EST ÇA !?
MON SABLIER... MON SABLIER...
MON SABLIER... OÙ EST-IL ?
KSS
FSHHHH
Indice ② Le vieux cerisier
...

Indic
FSHHH
QUAND VAIS-JE TROUVER MON SABLIER ?
JE SUIS TROP BÊTE !!
HAAH !
HAAH !
Indice ④
J'AURAIS DÛ FORCER NARASAKI À ME RÉVÉLER L'EMPLACEMENT DE SA CACHETTE !!
MON SANG N'A FAIT QU'UN TOUR.
MAIS JE N'AI PLUS LE TEMPS DE RETOURNER LA QUESTIONNER !!
BADABOUUUM
IL VA BIENTÔT FAIRE NUIT
FLASH !
RAAAAGH !!
AH...
... LA STATUETTE DE LA DERNIÈRE FOIS...
J'AI EU PEUR !
BOUM
BOUM
D'AILLEURS...
VIUU
...IL Y AVAIT UNE FALAISE JUSTE À CÔTÉ...
SWIP
!!

AAAAAAAH !!
FSHHHH
BAM
VOUS COMPRENEZ ?
ELLE EST PARTIE CHERCHER UN UNO ET ELLE N'EST JAMAIS REVENUE !
J'AI FAIT LE TOUR DU BUNGALOW, MAIS JE NE L'AI PAS TROUVÉE !!
C'EST BIZARRE !
BROUHAHA
APPELEZ LA POLICE !
CALME-TOI !
QUOI ?
QU'EST-CE QUI SE PASSE ?
IL PARAÎT QU'UNE FILLE A DISPARU.
SES CHAUSSURES NE SONT PLUS LÀ* !
BROUHAHA
* N.D.T. : AU JAPON, COMME ON SE DÉCHAUSSE DANS UNE MAISON, ON SAIT SI UNE PERSONNE EST PRÉSENTE OU NON.
MAIS T'AS VU LA TEMPÊTE ?
C'EST DANGEREUX SI ELLE EST DEHORS !
C'EST AN...
BROUHAHA
BROUHAHA
HE !
BRRR !

TU ES SÛRE QUE TU N'ES AU COURANT DE RIEN ?
AH...
QUELQU'UN T'A VU AVEC ELLE DANS LA CHAMBRE DES FILLES !!
AAH!
POF
AH...
POURQUOI...
... POURQUOI TU AS "ÇA" ?
JE...
JE NE VOULAIS PAS !!

JE VOULAIS JUSTE LUI FAIRE UNE BLAGUE !
JE VOULAIS VOIR SA MINE DÉCONFITE.
JE COMPTAIS LE LUI RENDRE À SON RETOUR !
BAM
JE TE DEMANDE POURQUOI TU AS "ÇA" ?

FSHHHH
AÏE...
OUILLE... AGH!
CRR
パラ...
J'AI EU CHAUD !
JE SUIS TOMBÉE SUR UN REBORD.
FSHHHH
CRRR
パラ...
HIII !
JE...
JE L'AI ÉCHAPPÉ BELLE...
IL...
...IL Y A QUELQU'UN !?
FSHHHH
À L'AIIIIIDE!!

FSHHHH
BRR !
ONT-ILS REMARQUÉ MON ABSENCE ? VONT-ILS VENIR ME CHERCHER ?
MAIS...
... DANS COMBIEN DE TEMPS ?
CRR
HAAH !
BRR !
BRR !
BRR !
"C'ÉTAIT TROP TARD !"
"ELLE ÉTAIT MORTE."
TAC
JE NE VEUX PAS MOURIR !!!
AAAH...
BRR !
BRR !
BRR !
"ON L'A RETROUVÉE AU SOMMET DE LA MONTAGNE !!"
MAMAN...
NON !
HIIIII !
SS

SCRAAAATCH
AAAAAAH!!
AÏE...
AH...
AÏE!
FSHHH
FLASH!
GROOOO
SPLASH

AAAAAAH !!
きゃあああ……っ
DAIGO ! PAR ICI !!
C'EST LA CHAUSSURE D'AN !!
AN !!

AH...
NON ! NE ViENS PAS !!
BOUM
ビクッ

AN !
DAÏGO !!
AGH !
SCRAAAATCH
HE !!
ÇA VA !?
AGH...
HEIN ?
TAC
FUJI !! APPELLE DU RENFORT !!
UNE AMBULANCE !! VITE !!
NON...

GROOOOOOO
ガラガラガラ
BAOUUUM
ドッシャーーン
N'APPELEZ PAS D'AMBULANCE !!!
HEIN?
TOC
コト...
QUOI?

SES RÈGLES !?
Oui...
ELLE A EU SES RÈGLES.
ÉQUIPE
SA BLESSURE EST BÉNIGNE.
ELLE A DE LA CHANCE DANS SON MALHEUR.
INFIRMERIE
CHUT !
ELLE EST ENCORE EN ÉTAT DE CHOC.
NE DITES RIEN À CE SUJET AUX AUTRES ÉLÈVES !
VLAN
snif ! snif ! snif ! snif ! snif !

CE N'EST PAS UNE MAUVAISE CHOSE !
TU ÉTAIS INQUIÈTE DE NE PAS LES AVOIR, NON ?
PAS VRAI, AN ?
OUiiiiiN !
うわ～ん
JE...
JE SUIS CONTENTE... ET PAS CONTENTE !!!
EN PLUS...
... C'EST TOMBÉ SUR FUJI ET DAIGO !!
DAIGO A CRU...
NOOOOOOOOOOON !
いやーっ
ああああああっ
JE ME SUIS RAPPELÉ LA SCÈNE.
LAISSONS-LA TRANQUILLE !
LA PAUVRE...
... ELLE EST À UN ÂGE SENSIBLE.
C'EST PEUT-ÊTRE POUR ÇA QUE J'ÉTAIS IRRITABLE CES DERNIERS TEMPS...
snif !
AAH...
... ET QUE JE N'ÉTAIS PAS TRÈS EN FORME.
À MOINS QUE...
... JE NE SAIS PLUS...
snif
CLIC
Hiii !
SSS
ソロリ
!
EN...
... EN FAIT, TU AS EU CE QU'ON APPELLE...

...“UN VRAI COUP DE SANG” !!
HA HA !
BOM
PFFF !
ごふっ
ドガッ
BOM
ドカ
BOM
ドカ
BOM
ドガッ
AAH ! JE VOULAIS DÉDRAMATISER !!
C'ÉTAIT PAS DRÔLE !!
UEKUSA !
JE...
JE TE DEMANDE PARDON...

きゅ…
CRR
TADADOUM
ガタン
TADADOUM
ゴトン…
JE SUIS FATIGUÉE.
ガタン
ゴトン…
TADAM TADOUM
きゃははは…
HA HA HA !
TADAM
ゴトトトン…
TU VEUX UNE CLÉMENTINE ?
BOM
TiENS ?
OÙ EST SHiiKA ?
C'EST SA PLACE…
JE LUI AI DEMANDÉ D'ÉCHANGER SA PLACE CONTRE LA MIENNE.

AH...
AH BON ?
EUH...
JE...
... JE SUIS CONTENTE D'AVOIR PARTICIPÉ AU CAMP D'ÉTÉ.
JE SUIS CONTENTE...
... D'ÊTRE VENUE AVEC TOI.
ガタタタ…
TADADOUM
MOI AUSSI...

... D'AUTANT PLUS QUE CES DERNIERS TEMPS, TU ÉTAIS DÉSAGRÉABLE.
JE SUIS CONTENT QUE CA AILLE MIEUX.
HEIN !?
DE QUOI TU PARLES ?
BAH... TU ÉVITAIS MON REGARD. QUAND JE TE FRÔLAIS, TU RÉAGISSAIS COMME SI J'AVAIS LA GALE.
IDIOT !
C'EST PARCE QUE TU M'INTIMIDES !!
TU...
TU ME TROUBLES !!
TU ES DEVENU...
... BEAUCOUP PLUS VIRIL QU'AVANT...
...
...
TU PARLES !

FIGURE-TOI QUE...
... TU ME TROUBLES...
... DEPUIS LONGTEMPS !!
HÉ ! QUI VEUT JOUER AU POUILLEUX ?
HÉ, VOUS DEUX ! VOUS VOULEZ JOUER AU POUILLEUX ?
IL MANQUE L'AS DE TRÈFLE !
PAS POUR LE MOMENT !

QUI VEUT JOUER AU POUILLEUX ?
ELLE L'A FAIT EXPRÈS ?
JE T'AIME.
JE CROIS QUE...
... JE T'AIME...
... ENCORE PLUS...

... QU'IL Y A UN AN ET DEMI.
AH !
IL Y A UN ARC-EN-CIEL !
TADOUM
TADAM
HEIN ?
OÙ ÇA ?
JE NE LE VOIS PAS.
REGARDE PAR LÀ !
QUI A LE POUILLEUX ?
AH ! C'EST VRAI !
C'EST BEAU !
TADAAAM
TADAAAM

ガタタン…
TADOUM

LES SOUVENIRS...
TADAAAM
TADAAAM
... PARAISSENT TOUJOURS ÉBLOUISSANTS...
C'EST À QUI LES MIKADO ?
JE PEUX EN MANGER ?
... ET ILS S'ACCOM-PAGNENT...
... SOUVENT D'UN PETIT PINCEMENT AU COEUR.

TADOUM
ZZZ
POC
CET ÉTÉ-LÀ...

Le Sablier 1 (Fin)

Vous venez de terminer la lecture de ce volume du "Sablier" et vous en êtes encore bouleversé, vous voulez communiquer au plus grand nombre votre passion pour le shojo manga en général et pour celui de Hinako Ashihara en particulier ou simplement nous faire partager vos impressions et commentaires, alors vous êtes au bon endroit ! Envoyez-nous vite vos dessins et courriers à une des deux adresses ci-dessous !

Kana

15/27, rue Moussorgski 75018 PARIS

7, avenue Paul-Henri Spaak 1060 BRUXELLES

Attention ! Les dessins originaux ne vous seront pas retournés. Envoyez une bonne copie de ceux-ci si vous désirez les garder.

SUNADOKEI by Hinako ASHIHARA

Original Japanese edition published in 2003 by Shogakukan Inc., Tokyo
French translation rights arranged with Shogakukan Inc.
through the Kashima Agency for Japan Foreign-Rights Centre

7, avenue P-H Spaak - 1060 Bruxelles

Dépôt légal d/2008/0086/111
ISBN 978-2-5050-0290-1

Conception graphique : Cynthia Lacroix
Traduit et adapté en français par Misato
Adaptation graphique : Eric Montésinos

Imprimé en France par Hérissey/Groupe CPI - Evreux